AF313834

LE
TEMPS QUI COURT,

OU

Petit Livre

DES GENS D'ESPRIT,

PAR M. NELVAS.

60 centimes.

PARIS,

DANTU, LIBRAIRE, AU PALAIS-ROYAL,

GALERIE D'ORLÉANS.

MAI. — 1840.

SOMMAIRE.

Monologue. — Tout le monde, ou à peu près, a de l'esprit.

Les Prospectus toujours favorablement accueillis.

Les Epigraphes. —· Leur utilité.

Recommandations paternelles aux petits livres.

Résumé de quelques-unes des grandes vérités proclamées de nos jours à la face de l'univers.

Fondation de la *Gazette de France*, puissance du journal, ses vicissitudes et ses travers ; après la poudre à canon, le journal est la plus salutaire de toutes les inventions.

Avis divers.

Aux auteurs, les libraires n'achètent plus que des *noms*. Moyen bien simple de publier des chefs-d'œuvre sans se donner la peine de penser et d'écrire.

A M. Brutus Sansonnet, député bon garçon de l'extrême gauche.

A M. le vicomte de...., prié de vouloir bien n'utiliser ses talents politiques, philosophiques et littéraires qu'au profit du journal des tailleurs et des *Petites affiches*.

A M. CC..., député journaliste, prié par ses abonnés de vouloir bien de temps en temps remplacer ses trois ou quatre mille mots quotidiens par une idée.

A Messieurs de la Chambre au sujet de la profession de foi de M. Thiers, et sur la nécessité de n'accorder aux grands orateurs que des applaudissements plus réfléchis.

Au Capitole, journal, avocat d'un petit Napoléon vivant, et perpétuel panégyriste du grand Napoléon mort.

A M. Arago, très-célèbre astronome, législateur et orateur.

Quelques esquisses de la représentation nationale.

M. BB..., bon fils, bon père, bon époux, bon ami et bon citoyen extrême gauche, éblouissant pour le quolibet.

M. PP..., député, centre gauche, le plus sensible, le plus serviable et le plus délectable de l'assemblée.

M. H, I., député du centre droit ou gauche, selon que le vent souffle du Nord ou du Midi, et comment il se fait qu'on lui voit tant de sagesse, d'esprit et d'érudition.

M. H, O..., toujours malheureusement absorbé par une idée quelconque, qui fait que ni la droite, ni la gauche, ni les centres ne peuvent jamais compter sur lui.

M. TT....., député de l'extrême gauche, lequel vit en enfer dominé par un démon familier, madame TT... Ses opinions, son ambition, sa participation indirecte à la révolution de juillet et ce qui s'en est suivi, ses déceptions, son acrimonie d'humeur, et tout ce qui s'en suit, tribulations de son pauvre mari qui n'apporte à la Chambre que son physique.

M. A. D..., député ministériel envers et contre tous, sans jamais irriter personne, possède au suprême degré l'art de promener le solliciteur.

Grande variété d'orateurs et ce qui en résulte.

Triomphe du gouvernement représentatif, etc., etc., etc., etc.

MONOLOGUE.

Mon ami vous êtes un sot, un fat.... quoi! vous osez vous adresser aux gens d'esprit!

Pourquoi non? Tout le monde ou à peu près, n'a-t-il pas de l'esprit aujourd'hui? Le peuple n'est-il pas indéfiniment éclairé, instruit, plein de sens et de capacité? Le dernier des chiffonniers en sait beaucoup plus que les clercs d'autrefois, les tout petits enfants peuvent se flatter de savoir *aussi bien lire et surtout mieux écrire que le grand empereur Charlemagne :* le fait est constaté dans les petits livres *approuvés* qui leur sont destinés. Tout le monde ou à peu près a de l'esprit ; encore un peu de temps et l'on ne verra plus que des philosophes, des artistes et des savants. Tout le monde ou à peu près a de l'esprit, bien qu'un auteur ait dit que rien n'était si rare que d'en avoir, si difficile que d'en acquérir, si commun que de s'en croire beaucoup. Tout le monde ou à peu près a de l'esprit ; cet auteur-là ne s'y connaissait pas, ou bien il aura voulu parler de l'esprit de l'ancien régime qui n'était pas celui d'aujourd'hui. Et pourquoi ne nous adresserions-nous pas aux gens d'esprit, puisqu'ils forment aujourd'hui une si imposante majorité? Sans compter messieurs les ministres, messieurs les pairs, messieurs les députés, savants, magistrats, poètes, académiciens, etc., etc., etc., etc., etc., dont nous avons l'honneur d'être le très humble, très obéissant et très dévoué serviteur et admirateur, nous connaissons à nous seul plus de douze personnes qui ont beaucoup, infiniment d'esprit, inutile de dire de quelle espèce et de quelle couleur. Et pourquoi ne nous adresserions-nous pas aux gens d'esprit avec confiance et espérance? Les gens d'esprit sont toujours très indulgents, et s'ils ne se récréent pas de nos observations et de nos discours, ils s'amuseront de notre ignorance et de nos sottises :

Le sot est ici-bas pour leurs menus plaisirs.

LES PROSPECTUS.

Lorsque nous voyons un prospectus, il nous semble toujours entendre un de ces hommes criant aux villageois rassemblés autour de leurs traiteaux : Entrez messieurs et dames, entrez au bureau, prenez vos billets, nous allons vous montrer du nouveau, le roi, la reine et la famille royale, de grands animaux vivants, le perroquet vert, l'ours blanc, le soleil, la lune et les étoiles! Ils entrent les pauvres manants, ouvrent de grands yeux et voient quelques mauvaises figures de cire parées de vieux oripeaux, des animaux empaillés, les astres en toile peinte. C'est magnifique, rare et curieux, dit un compère à tous ces visages béants! C'est admirable, pas cher et très intéressant, reprend un autre, et les pauvres payants ne s'avouant pas qu'ils ont été pris pour dupes, s'en vont disant à tout venant : c'est vrai, ce que l'on fait voir là dedans est bien réellement très curieux, très intéressant. Quoi qu'il en soit, le prospectus est aujourd'hui le point essentiel, l'élément indispensable au succès de toutes les entreprises, de tous les commerces, de tous les genres d'exploitation. Depuis les merveilleux effets du fameux programme ou prospectus de l'Hôtel-de-Ville, le prospectus a singulièrement fleuri. Constituants et constitués, ministres, pairs, députés, brasseurs, charbonniers, médecins, droguistes, libraires-éditeurs, spéculent avec plus ou moins d'ardeur et de bonheur sur les vertus attractives du prospectus ; toujours prodigue de promesses, souvent lourd de style et léger de sens commun, le prospectus est toujours accueilli, commenté favorablement par les amateurs de gouvernements, de spéculations, de science, d'éducation, de livres et de journaux progressifs et à bon marché.

Nous ne publions pas de prospectus.

Nous ne voulons pas mentir.

Nous ne savons rien faire à vil prix.

Notre entreprise ne roule pas sur plusieurs millions. Nous n'avons pas d'actionnaires, pas de souscripteurs, pas de célébrités politiques, scientifiques ou littéraires qui veulent bien nous prêter leur concours. Nos collaborateurs et notre imprimeur sont de pauvres diables qui ne peuvent se passer d'argent, ils ne nous feront pas crédit, nous ne leur ferons pas banqueroute; ainsi, messieurs et dames, voyez, abonnez-vous ou ne vous abonnez pas. Vogue la galère; si elle échoue, le pilote ne se noiera pas.

LES ÉPIGRAPHES.

Mettrons-nous des épigraphes en tête de nos chapitres ou n'en mettrons-nous pas? Les épigraphes ont bien leur utilité, le lecteur aime à trouver des sentences sans les chercher, elles lui donnent l'idée de ce qu'il va lire, c'est une fleur que l'on respire avant de cueillir le bouquet. Pour l'auteur les épigraphes sont une économie de matière, un moyen de couvrir le papier; il est toujours plus aisé de copier des maximes que d'en composer, de délayer de vieilles idées que d'en créer. Les épigraphes épargnent les frais d'esprit et d'imagination; elles mettent l'auteur en bonne odeur d'érudition : le moyen de ne pas avoir haute opinion d'un homme qui sait tous les grands maîtres par cœur et les cite avec un si merveilleux à propos! on accorde communément de la considération dans le monde à ceux qui ont l'air de vivre familière-

ment avec les grands; les épigraphes sont de belles enseignes qui
attirent les curieux, de belles lan-
ternes qui éclairent des rues obs-
cures, de beaux fruits qui décorent
le panier. Nous reconnaissons
tout le mérite et l'utilité des épigraphes; mais décidément nous ne
nous en servirons pas aujourd'hui.

Recommandations paternelles aux petits livres.

Allez, chers petits amis, allez
raconter, crier, chanter ce que

vous avez vu, entendu, recueilli,
dans ces temps de gloire et de
prospérité à tous prix. Puissiez-
vous, chétifs et innocents que vous
êtes, ne point mériter les éloges
accordés à tant d'œuvres philosophiques, économiques, morales et
transitoires qui ont été mourir chez
l'épicier !

Allez, chers petits, allez calmer
vos indignations, maîtriser vos co-
lères, soyez toujours honnêtes,
utiles et le plus possible agréables
au lecteur, dites-lui de bonnes,
grosses, grandes vérités, sans humeur, rappelez aux mécontents
et aux esprits chagrins du jour,
qu'on ne recueille que ce qu'on a

semé, que le présent est la consé-
quence du passé, que tels peuples,
tels rois ; tels rois, tels sujets ; tels
pères, tels fils, tels maîtres, tels va-
lets ; qu'à l'œuvre on connaît l'ou-
vrier, que l'ignorant ne saurait in-
struire et le corrupteur moraliser.

Allez, chers petits bien-aimés,
allez, tâchez d'ouvrir les yeux aux
aveugles, les oreilles aux sourds.
Essayez d'apprendre aux muets à
parler, aux paralytiques à se mou-
voir. Avec adresse et persévérance,
vous pourrez peut-être y réussir;
quant à tous ces imbéciles, ces
sots fanfarons, ces orgueilleux stu-
pides, égoïstes, hypocrites, calom-
niateurs effrontés, trafiquant de
mensonges et d'iniquités, quant à

tous ces honnêtes voleurs, ces brigands civilisés, avocats du diable, adorateurs de vices et de crimes dorés, ce ne sera pas vous qui les corrigerez.

Résumé de quelques-unes des grandes vérités proclamées de nos jours à la face de l'univers.

Il n'y a pas de Dieu.

Il y a un Dieu.

Le peuple français reconnaît l'existence de l'être suprême et l'immortalité de l'âme!!!!!

Dieu n'est qu'un mot.

Dieu est le souverain moteur de la matière, l'âme du monde, l'intelligence universelle dont nous avons tous notre part.

La création n'est qu'une chimère, un conte fait à plaisir.

Le monde s'est constitué par hasard, il est devenu tel qu'il est, petit à petit.

Nous l'avons singulièrement réformé, amélioré, mais ce n'est rien encore, pour peu qu'on nous laisse faire, le monde deviendra éminemment beau, sage, brillant, magnifique, étonnant ! ! ! A l'avenir il n'y aura plus de guerres, d'intérêts divisés, d'oppresseurs et d'opprimés, tous les peuples seront frères et amis ; à l'aide de la science, de la vapeur et des machines, les montagnes seront aplanies, les mers pacifiées, les vents disciplinés. On verra tous les animaux apprivoisés ; les hommes pourront voyager d'un hémisphère à l'autre aussi lestement que les hirondelles ; les habitants de tous les climats, sans distinction d'humeur et de couleur, se donneront la main à l'ombre des grands arbres de la liberté ; ils chanteront des cantates et danseront des rondes en mesure, à la gloire des civilisateurs du genre humain.

Ainsi soit-il.

Il est possible qu'il y est un Dieu, mais il est très difficile de s'en assurer.

Le Christ n'était certainement qu'un homme d'esprit, essentiellement républicain, assez bon législateur, nous avons beaucoup mieux de nos jours.

Les philosophes, sages et savants, de l'antiquité n'étaient que de mauvais logiciens, des étoiles nébuleuses; nous sommes de vrais philosophes, de grands soleils intellectuels, destinés à réchauffer et à fertiliser l'esprit des nations.

Nous avons une âme.

Nous n'avons pas d'âme.

Si, non, si.

Nous avons une âme qui pense et qui raisonne.

Non, nous n'avons pas d'âme ; la chose est reconnue, constatée ; toutes les facultés de l'entendement viennent de l'élasticité des nerfs et de la structure du cerveau.

Nous sommes de purs esprits.

Nous ne sommes que matière.

C'est la vérité que je vous dis.

Rien après la mort.

Nous vivons comme des dieux.

Nous mourons comme des bêtes.

Il faut donc se depêcher de vivre et de jouir à tous prix.

Bien raisonné.

L'insurrection est le plus saint des devoirs.

Le peuple est essentiellement souverain ; il obéit et commande quand il lui plait ; ce qu'il a fait aujourd'hui, il peut, si bon lui semble, le défaire demain.

Le peuple connaît ses droits; il sait maintenant lire, écrire, dessiner, chanter en chœurs, couremment et mutuellement.

L'homme est né pour la liberté.

Plutôt la mort que l'esclavage.

Quiconque n'aime pas la liberté mérite d'être occis.

L'homme n'est pas libre, enchaîné par les circonstances, dominé par les événements ; il délibère avant d'agir et ne se détermine qu'en faveur des motifs les

plus puissants; donc s'il est crimi-
nel, il est innocent.

C'est juste.

Fondation
de la Gazette de France,
1631.

C'est au médecin Théophraste
Renaudot qu'on doit l'introduction
du journal en France. Le journal
était bien petit alors, bien innocent, bien timide; Richelieu n'en-
tendait pas raison! Le grain de sa-
ble s'est fait montagne, de chétif

facteur de nouvelles., le journal
est devenu censeur universel,

Contrôleur général,

Directeur des travaux de l'esprit,

Dispensateur de l'opinion,

Arbitre de réputation.

Régisseur des intérêts sociaux,
il veille sur nous le journal, il
nous protége, nous sourit, nous
instruit, nous endort; sans le journal que deviendraient nos institu-
tions, notre dignité, notre littéra-
ture, notre patriotisme, nos sym-
pathies, notre importance, nos
conversations? Après la poudre à
canon le journal est la plus salutaire de toutes les inventions.

Mais le journal a malheureusement ses vicissitudes et ses travers; pure intelligence, il se vend à l'amiable ou à l'ancan de même que les choses les plus matérielles.

Les gouvernants achètent le journal comme un terrain qui doit leur rapporter; pour le payer ils ont recours à la bourse des contribuables, ceux-ci paient la folle-enchère et paient néanmoins pour respirer le parfum du journal vendu aux puissances du jour, de sorte que les infortunés contribuables paient deux fois l'avantage d'avoir une opinion infiltrée.

Ce n'est pas trop payé.

Le journal donne à travailler aux esprits adolescents et leur fait tour-à-tour soutenir et combattre

les mêmes propositions, de sorte
que le journal flétrit les précocités
de l'intelligence au profit du so-
phisme et au détriment de la
raison.

N'importe.

Le journal publie tous les crimes, condamne toutes les turpi-
tudes, mais en même temps il en-
seigne à les pratiquer.

C'est du progrès.

On dit que le journal n'a de
faveur que pour ses créatures et
ne reconnaît de mérite, de talent
et d'esprit qu'à ses patrons, ses
actionnaires et ses amis.

Pure calomnie.

Quiconque sait bien ou mal
écrire, rêver, régenter faire des

pommades, des brioches ou des parapluies, peut moyennant honnête rétribution, se voir loué, chanté, prôné, encensé par le journal.

Pour peu que nous en ayons l'occasion nous ferions probablement comme lui.

AVIS DIVERS.

Nous sommes forcés de suivre le torrent, disait un libraire du petit nombre de ceux qui voient autre chose que des pages dans un livre, nous n'achetons plus que des *noms*. Si M. de Lamartine nous envoyait un chef-d'œuvre, qu'il ne voulut pas signer, nous n'en donnerions pas vingt - cinq francs. Voulez-vous gagner de l'argent? allez à Bicêtre ou Charenton, vous y trouverez des gens qui ont la manie d'écrire, ramassez soigneusement leurs papiers, corrigez les fautes d'orthographe, tâchez de faire signer un *tel* salut et fraternité, nous vous en donnerons un bon prix.

Vous parlez comme un oracle quand par hasard vous dites quelque chose, mon cher, disait un ami à certain député ; mais, pour Dieu ! ne parlez plus comme un oracle de Delphes ou de 93 : il y a par trop longtemps qu'ils sont trépassés ; ou diantre allez-vous cherchez le *bien mérité* et l'amonr de la patrie aujourd'hui ? C'est le *pays* qu'il faut dire, encore serait-il bon d'inventer un autre mot ; le pays est déjà bien usé. Allez-vous coucher, mon pauvre garçon, toutes les fois que vous serez tourmenté de l'envie de parler ou d'écrire, prenez des bains et buvez de la limonade, recommandez-vous aux prières de votre angélique femme et faites dire une messe pour le repos de votre pauvre esprit.

M. Le vicomte de.......... est instamment prié de vouloir bien n'user de ses talents politiques, philosophiques et littéraires que pour la plus grande prospérité du journal des tailleurs et des petites affiches.

✠

Les nombreux lecteurs des produits de M. CC... le remercient infiniment de vouloir bien leur envoyer, chaque jour, trois ou quatre mille mots dans son journal et demandent s'il ne lui serait point égal de les remplacer de temps en temps par une idée.

J'aime la révolution de juillet parce qu'elle m'a fait ce que je

suis, s'est écrié M. Thiers à la tribune, et ces messieurs de la
Chambre ont applaudi.

J'aime la révolution de juillet
parce qu'elle m'a fait ce que je
suis, a répété M. Thiers, avec une
nouvelle énergie.

Et les applaudissements ont re-
doublé.

Ces paroles du grand ministre
ne pourraient-elles pas se traduire
ainsi?

Peu m'importe que la révolution de juillet ait été utile ou fu-
neste à la France.

Si la révolution de juillet me
défaisait, me replaçait où elle m'a
pris, je serais prêt à la trahir.

S'il se préparait une révolution

qui pourrait m'élever plus haut que je ne le suis, je serais prêt à la servir.

La loyauté et le désintéressement bien connus de M. Thiers ne permettent pas de donner une telle interprétation à ses discours ; quoi qu'il en soit, ces messieurs de la Chambre sont prié de modérer un peu les élans de leur enthousiasme et de n'accorder aux grands orateurs que des applaudissements plus réfléchis.

Dans son numéro du 16 mai, le Capitole, journal napoléonien, a publié deux lettres écrites il y a près de quarante ans, par S. M. Louis-Philippe 1ᵉʳ, dans lesquelles ce prince jeune alors et inexpérimenté traitait Napoléon de Corse et d'usurpateur. A quoi bon ces citations qui rappellent en même temps les deux plus grandes taches qu'on puisse reprocher à la vie de l'empereur, sa conduite envers la famille royale d'Espagne et la mort du duc d'Enghien? Est-ce à Napoléon-le-Grand, ou à Louis-Philippe-le-Pacifique, que le Capitole a voulu nuire?

Afin de prouver l'excellence du suffrage universel dans les élections, M. Arago a dit à la Chambre que la Convention nationale renfermait 14 évêques, 6 ministres protestants, 26 hommes de lettres, 22 médecins, 15 magistrats, 7 notaires; il a oublié que la mémorable assemblée a compté parmi ses membres :

62 décrétés d'accusation,

60 déportés,

1 condamné à douze ans de fer et à six heures d'exposition,

6 assassinés,

8 suicidés pour échapper à l'é-chafaud,

51 guillotinés. Que dire de la Convention s'ils étaient coupables? qu'en penser, s'ils étaient innocents.

Quelques Esquisses
de la représentation nationale.

M. BB... est bon fils, bon père, bon époux, bon ami, et bon citoyen extrême gauche.

Il ne parle jamais à la tribune et ne compte à la Chambre que pour les agitations, les murmures, les approbations et la boule.

Il ne manque cependant pas d'esprit, et sa manie est d'en montrer beaucoup, lorsqu'il ne craint pas de se le voir contester ; il est éblouissant pour le quolibet.

De plus, l'honorable a bon cœur, il faut l'avouer ; lorsqu'il s'avise d'écrire aux ministres, ce n'est jamais pour lui, mais dans l'intérêt de ses protégés. Il met trois jours à écrire sa lettre et en garde longtemps le brouillon sur lui, qu'il lit à tous ceux qui ont le malheur de le rencontrer.

Bien que républicain premier choix, M. BB... ne tient pas toujours le même langage et modifie adroitement ses doctrines, selon les personnes et les circonstances.

Il vise sans cesse à l'originalité et veut avant tout se montrer habile, expérimenté, loyal, généreux, obligeant, désintéressé, ennemi du pouvoir; peut-être lui arrive-t-il parfois de songer qu'il pourrait bien s'y voir appeler, ce qui le ferait penser, c'est le soin qu'il met à entretenir clandestinement toutes les sottises patriotiques que son bon sens doit lui faire ré-prouver.

M. PP... siége au centre gauche et a pour principe que, pour se présenter à la Chambre, une mise décente est de rigueur.

Il parle rarement à la tribune ; mais il s'en dédommage ailleurs.

C'est le plus serviable et le plus délectable de tous les députés.

Si vous avez obtenu une sous-préfecture pour votre cousin, une

bourse pour votre neveu, un bre-
vet d'institutrice pour votre nièce,
un prix de vertu pour votre pro-
tégée ; c'est à lui que vous le devez.

Si la ligne d'un chemin de fer a
doublé la valeur de votre propriété ;
si votre rue a été pavée, éclairée ; si
l'omnibus stationne à votre porte ;
si vous avez été préservé de l'é-
meute, du pillage et de l'incendie ;
c'est à M. PP... que vous en êtes
redevable sans que vous vous en
doutiez. Il vous a rendu d'éminents
services, épargné les prières et les
remercîments ; il s'est soustrait
aux manifestations de la recon-
naissance et de l'ingratitude, éga-
lement contraires à sa frêle orga-
nisation : l'honorable est d'une

excessive sensibilité; il ne peut avoir la main affectueusement serrée, lire le journal, entendre un plaidoyer, voir un mélodrame sans fondre en larmes et compromettre sa santé. Philantrope et progressif indéfini, les grands criminels sont principalement l'objet de ses patriotiques sollicitudes ; aussi quiconque se trouve menacé d'une condamnation en Cour d'assises, peut hardiment recourir à la sensibilité de M. PP..., s'il ne peut rien par son puissant crédit, il ne sera point avare de consolations et de bons avis.

M. H, I... député du centre droit ou gauche, selon que le vent souffle du nord ou du midi, est un député de fort bonne mine, aimable, incrédule, casuiste, philantrope, libéral, aristocrate, conservateur, populaire accompli.

S'il parle à un ecclésiastique, c'est un Salomon pour les proverbes; légiste avec le magistrat, bon administrateur dans le conseil, farceur en présence des épicuriens, savant, érudit, pour les académiciens, M. H, I... est un homme très supérieur.

Depuis vingt ans, il fait copier par son secrétaire tous les axiomes, sentences, arrêts, condamnations, ordonnances, discours, pensées, bons mots qu'il peut trouver dans les livres, les journaux, les pamphlets anciens ou nouveaux, et en fait composer des in-folios à son usage, où le tout est classé de manière à ce qu'il puisse toujours avoir sous la main, ce qu'il lui faut pour les besoins journaliers.

Il puise à son grand répertoire comme un autre à sa caisse, et de même que le riche garnit sa bourse de menue monnaie, de pièces d'or ou d'argent, M. H, I... se munit de sagesse, d'esprit et d'érudition.

M. H, O... autre député du centre droit ou gauche, est constamment possédé d'une idée quelconque, qu'il croit avoir enfantée; et de même que les mères ravies de leur fruit nouveau-né, il ne peut s'occuper d'autre chose; pour lui, toutes les questions politiques et sociales s'y trouvent momentanément subordonnées.

Lorsqu'il s'agissait de l'émancipation des femmes, de leur donner une éducation mâle et vigoureuse, il prit cette belle idée pour sienne, et quand on lui demandait ce qu'il pensait de l'occupation d'Ancône, des intérêts de la Pologne ou de la Belgique : il ne s'agit pas de cela, disait-il, tant que les femmes ne seront pas émancipées, qu'on ne leur apprendra que des fadaises, etc., etc., etc.

Lorsqu'il fut question d'introduire l'enseignement de la musique dans les écoles, afin de faire régner la douceur et l'harmonie parmi les Français effervescents et divisés; lorsqu'on parlait à M. Ho... du mauvais état des finances, des besoins de la marine ou de l'armée: il ne s'agit pas de cela, disait-il, tant qu'on n'enseignera pas la musique dans les écoles, etc., etc., etc. Aujourd'hui c'est la réforme électorale qui est l'idée fixe de l'honorable député ; ne lui parlez pas de l'Orient, de la colonisation d'Alger, des troubles et des incendies des départements, il vous répondrait : tant que nous n'aurons pas la réforme électorale, etc., etc.

Ni la droite, ni la gauche, ni le centre ne peuvent compter sur la voix de M. H, O..., il la promettra ; mais au moment décisif il mettra une boule noire ou blanche, selon qu'il lui sera tout-à-coup survenu l'idée que l'une ou l'autre peut indirectement se rattacher au triomphe de son dada.

M.TT.. siége à l'extrême gauche, mais ses amis politiques ne sauraient compter sur lui. L'honorable vit en enfer, dominé par un démon familier, il n'apporte à la Chambre que le matériel, pour le moral c'est toujours madame qui parle et agit en lui.

Avec des idées essentiellement révolutionnaires, madame aime le faste, les grandeurs; elle imagina qu'une révolution pourrait bien la porter aux faîtes des honneurs et de la fortune, dès lors elle se mit à travailler son mari, elle lui choisit ses amis, ses conversations, ses journaux. Sous la restauration, c'est elle qui le poussait aux souscriptions, aux associations, aux banquets hostiles au pouvoir, c'est elle qui lui soufflait son vote aux élections, c'est elle qui lui mit les armes à la main pendant les trois jours. Mais M. TT.... n'était point assez vigilant pour faire marcher de front ses affaires et celle de l'opposition, ses préoccupations politiques ruinèrent son industrie, son dévoûment fut méconnu; il sollicita vainement un emploi; forcé d'abandonner son établissement, il a conservé les titres de ses propriétés, mais il n'en touche plus les revenus. Madame en a conçu une grande âcreté d'humeur ; qu'il y cède ou qu'il y résiste, il ne saurait s'en garantir, quoi qu'il fasse ou qu'il dise, il a toujours mal fait ou mal dit. S'il suit madame dans ses élans patriotiques, avec une ironique amertume elle lui reproche aussitôt la stérilité et l'exaltation de ses opinions ; s'il se modère, elle l'accuse d'indolence et de lâcheté. Aujourd'hui elle lui prescrira de se rapprocher du ministère, d'aller faire sa cour aux Tuileries ; mais si ces démarches ne lui rapportent rien, demain elle le gourmandera impitoyablement de ses honteuses condescendances et l'excitera contre le ministère et la monarchie.

M. Ad..., député ministériel envers et contre tous, sans jamais irriter personne, s'est élevé rapidement ; et comme si l'on avait pensé à lui reprocher les fréquentes faveurs de l'administration, chaque fois qu'il en obtenait, il disait : je n'ai point sollicité de l'avancement, je n'ai pas d'ambition, si je me réjouis de ce qui m'arrive, c'est parce que je pourrai plus facilement obliger mes amis.

Lorsqu'il fut nommé député, il

répéta son refrain chéri, je n'ai fait aucune démarche, si je me félicite d'être élu, c'est parce que je pourrai plus facilement, etc., etc.

Il tient le même langage depuis dix ans et jamais il n'a obligé personne.

Nul n'est moins avare de politesses, de promesses et de chaudes lettres de recommandation qui restent toujours sans effet.

Nul ne connaît mieux l'art d'encourager le solliciteur, d'entretenir ses espérances, il en est qu'il promène depuis dix ans et qui ne cessent pas d'espérer et de chanter ses louanges.

Nul ne sait mieux se concilier la

bienveillance des hommes de tous les partis; il a des éloges pour tous, et se trouve toujours être l'ami de celui qui lui parle.

Il témoigne ses regrets à ceux qui s'en vont et se montre empressé près de ceux qui arrivent.

Il vit très modestement et se rend à la Chambre à pied ou en omnibus.

Il accepte rarement une invitation chez les grands et ne dédaigne pas le déjeuner offert par un industriel; en un mot, c'est un homme qui sait supérieurement parvenir et se maintenir.

S'il ne monte pas plus haut, c'est qu'il ne veut pas tomber!

Les Orateurs.

Le gouvernement représentatif nous a favorisé d'une grande variété d'orateurs inconnus anciennement. Nous avons aujourd'hui l'orateur Extrême droite,

Extrême gauche,
Centre droit,
Centre gauche,
En avant,
En arrière,
Doctrinaire,
Sens dessus-dessous,
Si,
Mais,

l'orateur Selon,

Dorénavant,

Néanmoins,

Parce que,

Quoique,

En cas de,

Intrépide,

Courtisan,

Perpétuel,

Dévoué,

Joufflu,

Jovial,

Excessivement,

Inconvénient,

Double,

Quadruple,

Banal,

Trivial,

Colossal,

l'orateur Accessoire,
      Badin,
      Ergo-glu,
      Vert-vert,
      Pingoin,
      Alaouate,
      Stokfice,
      Télégraphe,
      Capricorne,
      Vide,
      Vague,
      Errata,
      Cerf-volant,
      Cincinnatus,
      Colin-maillard,
      Moustache,
      Inflexible,
      Rauque,
      En bloc,

l'orateur Uranoscope,
Frigorifique,
Beau soleil,
Sagittaire,
Creux,
Nébuleux,
Zig-zag,
Dans l'espace,
Comique,
Pandour,
Ferrailleur,
Premier numero,
Concordant,
Fortuit,
Expérimenté,
Pipeur,
Imbroglio,
Volubilis,
Paradoxe,

l'orateur Sensible,
Flûteur,
Néologique,
Visionnaire,
Frétillant,
Espiègle,
Subtil,
Eblouissant,
Superlatif,
Escamoteur,
Nomade,
Muscadin,
Mou,
Flasque,
Prolixe,
Phraseur,
Palanquin,
Sudorifique,
Chut !!!!!!!!!!!

l'orateur Ha! ha!
Hé! hi!
Oh! oh!
Hi! hi!
Bredi, breda,
Brouhaha,
Sonnette,
Tambour,
Trompette,
Charivari,
Général,
Hourra!!!!!!!!!!!!!! Vive le gouvernement représentatif, ses orateurs, législateurs gazouillant, roucoulant, bêlant, fredonnant, toussant, pantelant, renifflant, ruminant, fulminant 91011520 51907840960000c0009 milliards, 150,000 lois et trois douzaines

de constitutions ourrrrran, plan,
plan, plan, plan, ourrrrran, ourrrrran, ourrrrran, plan, plan,
lon, lon, la, laisser les passer.